Schlaf,

Püppchen, schlaf

BIANCA RÖSCHL

Impressum:
Bibliografische Information der Deutschen Nationalbibliothek.
Die Deutsche Nationalbibliothek verzeichnet diese Publikation
in der Deutschen Nationalbibliografie; detaillierte bibliografi-
sche Daten sind im Internet über http://dnb.d-nb.de abrufbar.
Veröffentlicht bei Infinity Gaze Studios AB
1. Auflage
Juni 2024
Alle Rechte vorbehalten
Copyright © 2024 Infinity Gaze Studios
Texte: © Copyright by Bianca Röschl
Cover & Buchsatz: Valmontbooks
Das Werk ist urheberrechtlich geschützt. Jede Verwertung au-
ßerhalb des Urheberrechtsgesetzes ist ohne Zustimmung von
Infinity Gaze Studios AB unzulässig und wird strafrechtlich ver-
folgt.
Infinity Gaze Studios AB
Södra Vägen 37
829 60 Gnarp
Schweden
www.infinitygaze.com

Schlaf, Püppchen, schlaf

Schlaf, Püppchen, schlaf,
du bist so süß und brav.
Willst du meine Gefährtin sein?
Sind du und ich nicht mehr allein.
Schlaf, Püppchen, schlaf.

Schlaf, Püppchen, schlaf,
du bist so süß und brav.
Schließ artig deine Äugelein,
ich schenk dir ein fein Träumelein.
Schlaf, Püppchen, schlaf.

Nie in seinem ganzen Leben würde der Junge jenen magischen Augenblick vergessen, wo er zum ersten Mal bewusst in das Antlitz eines dieser engelhaften Geschöpfe geblickt und es ausgiebig studiert hatte: Die nachdenklichen großen Kulleraugen. Die perfekt gerade Nase. Dieser herzförmige Kussmund mit den sanft geschwungenen pfirsichfarbenen Lippen, die *schimmerten, als wären sie soeben frisch angefeuchtet worden. Der makellose, porzellanfarbene Teint. Die seidenen, goldenen Locken, einem unschuldigen Cherubim gleich. Alles von reiner, erhabener Schönheit in perfekter Harmonie, wie von einem antiken Bildhauer erschaffen. Von solch edelster Eleganz, dass er nie mehr davon loskommen würde. Diese einzigartigen Geschöpfe beherrschten von nun an seinen Geist, seinen Körper, sein komplettes Leben.*

Er war ihnen regelrecht verfallen. Geradezu besessen von ihnen …

Seit Tagen schon lag er auf der Lauer und beobachtete im Verborgenen. Unsichtbar für alle um ihm herum, dennoch allgegenwärtig präsent. Wie ein Jäger in seinem Revier, der geduldig auf seine Beute wartete. Nur wenige konnten seinen hohen Ansprüchen gerecht werden. Ihm seinen größten Wunsch erfüllen. Die erhoffte Erlösung bringen …

Plötzlich hielt er inne.

Ein Stich fuhr in sein Herz.

Sein Atem stoppte. All seine Sinne - auf das Äußerste geschärft!

Da kam sie!

Fröhlich und unbekümmert. Lachend und schäkernd.

Die perfekte Beute!

Nervös wischte er die feuchten Hände am Stoff seiner Hose ab.

Sie musste es sein. Sie und keine andere!

Langsam und in gebührendem Abstand fuhr er ihr im Auto hinterher. Verschlang mit den Augen die Art, wie sie ging und die Arme dabei seitlich leicht mitschwang. Die prallen Pobacken, die in der engen Jeans verführerisch hin und her wackelten. So graziös und elegant.

Er stöhnte leicht auf in freudiger Erwartung.

Geduld, ermahnte er sich. Geduld.

Erst muss sie mein sein. Dann trete ich ein in den himmlischen Lustgarten, so wie es schon in der Bibel geschrieben steht: Wer seine Qualen überwindet, dem will ich zu speisen geben von dem Brot des Lebens, das zu finden ist im Paradiese Gottes.

Jäh riss er sich von der verlockenden Vorstellung los, denn beinahe hätte er verpasst, wie sie in das Haus eintrat, so sehr hatte er sich in seine sündigen Gedanken vertieft.

Gerade nochmal Glück gehabt. Das hätte auch fehlschlagen können. Er musste sich regelrecht zwingen, hoch konzentriert zu bleiben, sollte sein Plan gelingen. Es durfte nichts schiefgehen. Er wollte nicht mehr länger warten … Nicht mehr länger allein sein …

Er merkte sich Straße und Hausnummer sowie die Uhrzeit und fuhr glücklich wie schon lange nicht mehr nach Hause.

Ab jetzt hatte er viel Arbeit. Alles musste gut vorbereitet werden.

Am nächsten Tag stand er zur selben Zeit wieder vor dem Haus und parkte in gebührendem Abstand. Ab sofort würde er das Gebäude rund um die Uhr überwachen. Würde geduldig warten. Irgendwann musste es eine günstige Gelegenheit geben.

Den perfekten Moment zuzuschlagen.

Ein wohliger Schauer durchfuhr seinen Körper allein nur bei dem verlockenden Gedanken daran.

Er lehnte sich im Sitz zurück und machte es sich so bequem wie möglich. Er zündete sich eine Zigarette an. Erstens vertrieb das Rauchen die Zeit und zweitens beruhigte es die erregten und strapazierten Nerven.

Die Stunden vergingen und die Zigaretten in der Schachtel wurden weniger.

Er sah sie ein paar Mal das Haus verlassen und wieder heimkommen. Sie ging joggen. Kehrte mit vollen Einkaufstüten zurück. Ließ die Katze nach draußen. Stellte den Mülleimer raus. Leerte den Briefkasten.

Jede einzelne ihrer Bewegungen sog er wie ein Schwamm in sich auf. Und jede einzelne seiner Fasern schrie nach mehr. Verzehrte sich nach ihr. Wollte so nah wie möglich bei ihr sein … Sie riechen … Sie spüren … und schmecken …

Nach etlichen Stunden des Wartens begann die Dunkelheit allmählich aus sämtlichen Löchern zu kriechen und nahm dem sich zu Ende neigenden Tag sämtliche Farben.

Immer noch hielt er den Blick starr auf das Haus gerichtet. Er hatte Glück. Noch einmal ging die Haustür auf und sie trat heraus.

Jetzt oder nie!

Leise stieg er aus dem Auto, lehnte die Tür nur an. Im Schutze der Dunkelheit preschte er sich von hinten an die Beute heran, umfasste ihren Oberkörper, drehte sie zu sich und presste ihr das mit Ether getränkte Tuch auf die Nase, bis allmählich jeglicher Widerstand erstarb und sie in seinen Armen zusammensackte.

Mit wachsamem Blick nach allen Seiten schleppte er sie so rasch wie möglich zum Auto, legte sie auf den Rücksitz und fuhr los. Schnurstracks nach Hause.

Die Katze am Straßenrand sah dem Auto noch lange nach. Maunzte leise ihr Lebewohl …

Der Junge konnte nicht widerstehen. Immer und immer wieder zog es ihn zu den engelhaften Geschöpfen hin. Er konnte nicht anders. Er musste sie einfach ansehen. Eingehend betrachten. Sich jede Einzelheit ihrer makellosen und atemberaubenden Schönheit einprägen.

Ach, was gäbe er dafür, nur ein einziges Mal im Leben so schön zu sein. Und nicht die hässliche Missgeburt, die er leider darstellte. Das unscheinbare Nichts. Von niemandem richtig wahrgenommen. An den Rand der Bedeutungslosigkeit gedrängt. Von anderen nur gehänselt und drangsaliert. Zur Witzfigur degradiert.

Der Junge seufzte tief und versank im Anblick dieser schwindelerregend grazilen Anmut.

Diese Geschöpfe hier würden ihn niemals auslachen. Oder verhöhnen. Nein, sie saßen artig und schweigend da und betrachteten ihn aufmerksam. Leisteten ihm Gesellschaft. Boten ihm stumm ihren Beistand. Ihr Mitgefühl.

Mit zitterndem Finger strich er dem Geschöpf zärtlich über die Wange.

Das fühlte sich so schön an. So kühl. So glatt und zart.

Vorsichtig nahm er das Geschöpf in den Arm. Voller Glückseligkeit wiegte er es sanft in den Armen hin und her und summte dabei ein Schlaflied dazu.

„Schlaf, Püppchen, schlaf.
Du bist so süß und brav.
Reichst du mir deine Händelein,
gehört mein Herz nur dir allein.
Schlaf, Püppchen, schlaf.“

Der Junge schloss die Augen und genoss dieses unglaublich beruhigende Gefühl der Geborgenheit.

„Was tust du da?“, tönte plötzlich eine barsche Stimme hinter ihm.

Erschrocken riss der Junge seine Augen auf und drehte den Kopf.

Verständnislos blickte ihn seine Mutter an. „Was soll das? Du bist doch kein Mädchen! Jungen spielen nicht mit Puppen!“ Sie riss ihm das Geschöpf aus den Armen.

„Aber …“, hob er zu seiner Verteidigung an.

„Nichts aber!", schnitt sie ihm verächtlich das Wort ab und hielt ihm den erhobenen Zeigefinger vor die Nase. „Wenn ich dich noch einmal mit meinen Puppen erwische, setzt's was! Hast du verstanden? Und jetzt raus mit dir, aber dalli!"

Wortlos und ohne jeglichen Widerstand gehorchte der Junge und verschwand aus dem Zimmer, während seine Mutter ihm kopfschüttelnd nachblickte.

Ausgiebig betrachtete er seine Beute, die ohnmächtig und ausgestreckt auf dem Küchentisch lag.

Sie war wirklich perfekt.

Von zierlicher Statur mit langem, blondem Haar, das einen seidigen Schimmer wie Gold aufwies. Dichte Wimpern. Gerade Nase und einen herrlichen Schmollmund. Makellose Haut in vornehmer Blässe. Genauso wie es sein musste.

Langsam begann er sie auszuziehen. Schuhe, Socken, Jeanshose, Bluse. Ganz genüsslich. Anschließend den BH.

Der erste Blick auf ihre nackten Brüste entpuppte sich jedoch als herbe Enttäuschung.

Sie war leider nicht so flachbrüstig, wie er es sich erhofft hatte. Sie hatte schon ordentlich was vorzuweisen. Honigmelonen. Keine Rosenknospen.

Er zwang sich, gelassen zu bleiben, schließlich konnte er an dieser Tatsache nichts mehr ändern.

Mal sehen, was sie stattdessen untenherum zu bieten hatte.

Vorsichtig zog er ihr den Slip aus und hielt freudig inne. Sie war tatsächlich rasiert. Und zwar komplett. Überall nur nackte, rosa Haut. Nicht das geringste Büschel Haare!

Welch ein Glückstreffer!

Der Brustmakel war ausgeglichen. Die Welt war wieder in Ordnung. Sein Herz hüpfte vor Freude.

Begierig glitt sein Blick über ihren nahezu perfekten Körper.

Oh ja, sie war wirklich wunderschön.

Nun konnte er endlich mit seinem Werk beginnen.

Ganz langsam zog er ihr einen weißen Spitzenslip an. Doch bevor er ihn ganz hochzog, konnte er der Versuchung nicht widerstehen. Behutsam strich er mit den Fingern über ihr haarloses Dreieck zwischen den Schenkeln, glitt an der Erhebung der Spalte entlang nach unten, suchte den Eingang und bohrte zwei Finger in die Höhle hinein.

Ahhh, sie war schön warm und feucht! Genauso wie er es sich in seinen kühnsten Träumen vorgestellt hatte!

Ein Schauer der Erregung durchfuhr ihn und er spürte, wie sein Schwanz plötzlich hart gegen seine Hose drängte. Ein seufzendes Stöhnen kam über seine Lippen und ruckartig zog er seine Finger wieder heraus.

Er zwang sich, stark zu bleiben. Seine zitternde Hand wieder unter Kontrolle zu bringen. Er wollte nichts übereilen. Er musste sie erst noch zurechtmachen, um es hundertprozentig genießen zu können.

Tief atmend zog er den Slip vollends nach oben.

Anschließend platzierte er einen zum Höschen passenden BH auf ihre Brüste, setzte sie auf und schloss die Haken am Rücken.

Als er sie wieder hinlegte, stellte er fest, dass der BH zu klein war und die herausquellenden Brüste nur annähernd bedeckte. Einerseits ein Makel. Andererseits aber irgendwie auch antörnend, trotz der Größe.

Er schluckte schwer.

Geduld, sagte er sich. *Bald kommst du zu deinem Genuss. Nicht mehr lange und sie ist völlig dein.*

Völlig routiniert zog er ihr anschließend ein blütenweißes Kleid aus zarter Spitze an. Und weiße Schnallenschuhe an die Füße.

Ihr goldblondes Haar flocht er zu zwei dicken Zöpfen mit weißer Seidenschleife am Ende. Das Gesicht betupfte er mit weißem Puder. Zog die Augenbrauen mit einem schwarzen Stift nach. Klebte dichte, schwarze Wimpern an das geschlossene Augenlid und malte mit knallrotem Lippenstift den perfekten Kussschmollmund in Herzform nach.

Vorsichtig hob er sie auf und trug sie in das obere Schlafzimmer.

Behutsam legte er das Püppchen auf die seidenen Kissen ins Bett.

„Hier habt ihr euer neues Schwesterchen", teilte er den rings auf den Regalen sitzenden Geschöpfen mit.

Schweigend betrachteten sie mit blauen Augen in den starren Gesichtern aus kühlem Porzellan, hartem Tortulon und weichem Plastik, wie der Mann unter ihnen das Kleid seines neuen Spielzeugs in perfekten Bahnen über die Bettdecke drapierte. Um die Garderobe der Geschöpfe hatte er sich hingegen schon lange nicht mehr gekümmert. Sämtliche Kleidchen bedeckte eine dicke, graue Staubschicht. Viele weiße Stoffe waren inzwischen vergilbt oder brüchig geworden. Manche Geschöpfe saßen komplett nackt da, andere wiederum waren schon lange nicht mehr umgezogen worden und zeigten deutliche Spuren der Vernachlässigung und des allmählichen Zerfalls.

Ihr Besitzer indessen kümmerte sich nicht um die Belange der still vor sich hin leidenden und dahinvegetierenden Geschöpfe. Er betrachtete stattdessen hingerissen sein Werk auf dem Bett.

Sein Geschöpf. Sein Püppchen. Endlich sein. Endlich würde er die ersehnte Rettung erlangen. Die Erlösung und Erfüllung seiner Begierden …

Nun konnte er nicht mehr anders. Er brauchte dringend einen ersten Vorgeschmack. Eine erste, rasche Befriedigung.

Er befreite daher seinen erneut steifen Schwanz aus seinem Gefängnis und rieb ihn hart in seiner Hand. Er starrte auf sein schönes Püppchen, berührte mit einer Hand sachte die feine Spitze und wichste dabei. Schneller und immer schneller, bis er auf der Woge des Höhepunkts auf das Bett spritzte und dabei das schöne Spitzenkleid besudelte.

Mit einem lauten Stöhnen sackte er in sich zusammen.

Oh, war das geil!

Und das war erst der Anfang!

Die Krönung stand ihm erst noch bevor. Aber nicht mehr heute. Dieses besondere Vergnügen würde er sich für morgen aufheben.

Er fesselte die Handgelenke seines Püppchens vorsorglich an die Gitterstäbe des Metallbettes.

„Schlaf Püppchen, schlaf", flüsterte er leise, strich zärtlich über dessen Wange, löschte das Licht und ging aus dem Zimmer.

Die Gelegenheit schien günstig. Mutter telefonierte. Geschwind schlüpfte der Junge in ihr Zimmer.

Sie hatte ihm eigentlich verboten, den Raum zu betreten. Es war schließlich ihr persönliches Reich, wo er nichts zu suchen hatte. Doch hier bewahrte sie all ihre Schätze auf. Die engelhaften Geschöpfe. Die Objekte seiner Begierde.

Mit klopfendem Herzen setzte sich der Junge aufs Bett und starrte dem dort liegenden Geschöpf ins elfengleiche Angesicht. Es war so schön! So überirdisch schön!

Er wusste nicht, warum diese Geschöpfe ihn so faszinierten, dass er förmlich von ihnen besessen war. Sie ihn beinahe um den Verstand brachten. Vielleicht, weil an ihnen alles so perfekt war, während er mit seinem armseligen Dasein niemals solch ein leuchtender Mittelpunkt sein würde. Doch in ihrer Gesellschaft konnte er ganz er selbst sein.

Seine Hände schwitzen leicht vor Aufregung, als er das zarte, rosa Spitzenkleidchen des Geschöpfs berührte. Ganz sachte. Überaus vorsichtig.

Seine Finger befühlten das Kleidchen bis zum Saum und wanderten unter den Stoff. Millimeter um Millimeter strichen seine Finger an den kühlen Beinen entlang nach oben, bis er schwer schluckend zwischen den Schenkeln innehielt.

Eine merkwürdige Wärme machte sich in seiner Leibesmitte breit. Ein Gefühl, das er bis dahin noch nie empfunden hatte.

Eine lustvolle Erregung, gepaart mit süßem Schmerz und sehnsüchtigem Verlangen. Verlangen nach mehr.

Ohne darüber nachzudenken, glitt seine Hand unwillkürlich in seine Hose. Ahhh …

Gleichzeitig rieb er das Geschöpf an seiner geheimsten Stelle. Oh jaaa …

„Bist du noch ganz bei Trost?"

Jäh zuckte der Junge zusammen und zog rasch die Hand aus seiner Hose.

Schon stand die Mutter am Bett, packte ihn am Arm und verpasste ihm eine kräftige Ohrfeige.

„Habe ich dir nicht strengstens verboten, mein Zimmer zu betreten? Geschweige denn, auch nur eine meiner Puppen jemals anzufassen?" Zornig starrte sie ihn an.

„Doch", wimmerte er leise.

„Und trotzdem setzt du dich über meine Verbote hinweg! Du dreckige, kleine Missgeburt!" Es folgte die nächste Ohrfeige. Und noch eine.

„Warum hat mich der Herrgott nur mit dir gestraft? Warum konntest du nicht einfach in meinem Leib verrecken, du jämmerlicher Mistkäfer!"

Sie ballte ihre Hand zur Faust und schlug auf ihn ein. Ließ alle ihre grenzenlose Wut und Enttäuschung an ihm aus, bis er laut aufschrie und zu heulen begann.

„Hör auf zu flennen! Richtige Jungs weinen nicht. Niemals! Aber du, du bist kein richtiger Junge. Du bist nur Abschaum! Widerlicher Dreck an meinen Füßen! Wärst du doch nur ein Mädchen geworden. Ein süßes, kleines und braves Mädchen. Aber du? … Ach, geh mir aus den Augen!"

Der Junge gehorchte und flitzte so schnell er konnte in sein Zimmer, schlug die Tür zu und warf sich aufs Bett. Dort weinte er still in sein Kissen hinein, während sein Leib vor Sehnsucht nach den Geschöpfen verbrannte und sein Herz vor Kummer zersprang.

Er hörte das Geschöpf schon von Weitem schreien. Laut und grell.

Warum brüllte es nur so?

Püppchen hatten artig und still zu sein. Ihre einzige Aufgabe bestand darin, ihrem Besitzer durch ihre einzigartige Schönheit zu gefallen. Nicht mehr und nicht weniger. Doch dieses Geschöpf verhielt sich alles andere als engelsgleich. Eher widerwärtig. Ordinär.

Er musste etwas dagegen tun.

Schon als er das Zimmer betrat, starrte das Püppchen ihn hasserfüllt an. Wie eine wilde Bestie zerrte es an seinen Fesseln.

„Bind mich los, du elendiges Arschloch!", forderte es wütend.

Der Kraftausdruck erschütterte ihn zutiefst. Nein, solche Worte passten nicht zu dem zarten Geschöpf. Sie zerstörten das gesamte Bild.

Er setzte sich zu seinem Püppchen ans Bett. Doch es brüllte noch mehr, wälzte sich hin und her, trat mit den Füßen nach ihm und beleidigte ihn auf die übelste Weise.

Es ging nicht anders. Mit Hilfe eines Elektroschockers setzte er das Geschöpf unverzüglich außer Gefecht. Es zuckte kurz, dann sackte der Kopf zur Seite.

Endlich Ruhe!

Er setzte sein Püppchen wieder hübsch

auf dem Bett zurecht und brachte den Kopf in die richtige Haltung.

Endlich hatte er freie Bahn.

Er holte ein Tablett mit Mutters feinem Puppenporzellan, mit zartem Blumendekor und glänzendem Goldrand. Das hatte er als Kind schon immer geliebt.

Er legte das Tablett auf Püppchens Knien ab. Nahm die Teekanne und schenkte imaginären Tee in das kleine Tässchen ein.

„Eine Tasse Tee gefällig?"

Keine Antwort.

„Du nimmst bestimmt ein Stück Zucker und etwas Milch, nicht wahr?"

Immer noch keine Antwort.

Indessen rührte er mit einem Silberlöffelchen in dem Tässchen herum und hielt es dem Püppchen an die Lippen.

„Ahhh, schmeckt köstlich, nicht wahr?"

Keine Reaktion.

Er stellte das Tablett zur Seite und sah es erwartungsvoll an.

„Willst du meine Freundin sein?"

Keine Antwort.

„Du brauchst nichts sagen. Du bist hier bei mir. Das allein zählt. Denn jetzt gehörst du mir. Ich werde dich nie mehr hergeben! Wir beide gehören ab sofort zusammen. Keiner von uns wird jemals mehr einsam sein."

Zärtlich schmiegte er sich an sein Püppchen. Strich über die zarte Spitze des Kleides.

„Du bist so schön", flüsterte er wie benebelt und küsste sanft die roten Lippen. „So wunder-, wunderschön!"

Seine Hand wanderte unter den Stoff des Kleides. Er spürte die warme Haut der Schenkel. So weich und glatt. So überaus angenehm.

Schnell war er am Slip angelangt, der wie ein Wächter vor dem Tore fest an seinem Platz saß.

Nun hielt er es nicht mehr aus. Nichts konnte ihn mehr zurückhalten.

Rasch entledigte er sich seiner Hose und Unterhose. Sein Schwanz ragte steil in die Höhe, bereit, in den dunklen Untergrund zu stechen.

Er schob den Rock nach oben, zog dem Geschöpf den Slip aus und vergrub sein Gesicht in dem rosa Dreieck zwischen den Schenkeln.

Endlich konnte er all das tun, wovon er schon immer geträumt hatte.

Sein Püppchen komplett in Besitz zu nehmen.

Er richtete sich auf und drang voller Begierde in das warme Fleisch ein. Eine Woge zittrigen Verlangens erfasste seinen Körper. Sein Püppchen fühlte sich unfassbar eng an. Genau wie er es sich vorgestellt hatte. Der Garten Eden konnte nicht schöner sein. Er rammte sich in dieses wunderbare Geschöpf hinein und biss bei jedem Stoß keuchend die Zähne zusammen. Füllte jeden Winkel des Paradieses aus. Sein Ritt wurde immer härter, immer wilder …

… doch auf einmal … und er wusste noch nicht einmal wieso das plötzlich passierte …, fiel er ruckartig in sich zusammen. Einfach so aus heiterem Himmel versagte ihm sein Rammbock den Dienst.

Heftig fluchend zog er seinen Schwanz aus dem Püppchen heraus, der nun schlaff wie ein leerer Kartoffelsack an ihm herunterhing.

Wie konnte so etwas nur passieren? Verflixte Scheiße aber auch! Er verstand die Welt nicht mehr.

Enttäuscht starrte er auf das reglose Püppchen, welches in seiner ätherischen Schönheit vor ihm lag. Es hatte doch so hoffnungsvoll begonnen …

Spiel, Püppchen, spiel,
mit dir wird nichts zu viel.
Komm und sei ganz lieb zu mir,
meinen Schlüssel zeig ich dir.
Spiel, Püppchen, spiel.

Als er am nächsten Abend in das Zimmer kam, wusste er sofort am Gestank, was passiert war: Das Püppchen hatte sich eingesaut!

Unwillkürlich rümpfte er die Nase und verzog das Gesicht.

Angeekelt zog er dem Püppchen das schmutzige Kleid aus, sodass es nur noch im BH vor ihm lag.

„Jetzt schau dir die Schweinerei an! Brave Püppchen machen so etwas nicht! Du warst sehr, sehr böse!", schimpfte er.

Das Püppchen hob leicht den Kopf und blickte ihn mit gläsernen Augen an. „Wasser … bitte …", presste es geschwächt hervor.

Doch er ignorierte die Worte, entfernte das besudelte Laken und schrubbte die Matratze sauber.

Das Püppchen zerrte an seinen Fesseln. „Bitte, Wasser", wiederholte es eindringlich mit brüchiger Stimme.

Er hielt inne und blickte dem Püppchen ins Gesicht. Verschmierte Wimperntusche um die Augen herum. Rissige, aufgeplatzte Lippen. Bahnen von eingetrockneten Tränen auf der gepuderten Haut, die hässliche Rillen aufwies wie ein frisch gepflügter Acker. Da war keine Spur mehr von erhabener Schönheit. Nichts Reines, Makelloses.

Da war nur noch banale Vergänglichkeit
zu sehen, als hätte ein alter Meister das
Püppchen als Vanitassymbol auf einem
Stillleben verewigt.

*Der Junge griff sich das schönste und präch-
tigste Geschöpf vom Regal. Die Königin unter
all den Geschöpfen. Der Liebling seiner Mutter.
Das Ideal absoluter Perfektion. Und gleichzeitig das Spiegelbild seiner eigenen Unzuläng-
lichkeit.*

*Ein zügelloser Anfall von unbändigem Hass
bäumte sich urplötzlich in ihm auf. Hass auf
das Geschöpf, dessen Perfektion er niemals er-
reichen würde. Hass auf die Mutter, die ihn
nicht lieben konnte. Hass auf sich selbst, auf-
grund seiner erbärmlichen Schwäche.*

*Mit einem lauten Schrei schlug er das Ge-
schöpf hart gegen die Wand, immer und immer
wieder, bis das Porzellan in vielen kleinen Bro-
cken auf dem Boden zerstreut lag.*

Erbärmlich winselte das Püppchen erneut um Wasser.

Nein! Nein! Nein!

So hatte er es sich nicht in seinen kühnsten Träumen ausgemalt!

Dieses Ding da machte all seine Fantasien zunichte. Es sollte doch rein und schön sein. Nicht so hässlich und stinkend. Alles hatte er sich anders vorgestellt. Alles.

Sein Blick blieb an der unbedeckten Scham hängen. Selbst die erschien ihm mittlerweile reizlos mit all den Stoppeln, die inzwischen gewachsen waren.

Unwillkürlich schob sich ein Bild aus alter Zeit vor sein geistiges Auge. Der strenge und zugleich enttäuschte Blick seiner Mutter! Das Gefühl, nie gut genug zu sein. Lediglich ein lästiges Anhängsel. Ein ekliges Insekt, welches man am liebsten zertreten mochte. All seine aufgestaute Wut, seine angesammelte Enttäuschung der letzten Stunden, verdrängte Gefühle der Minderwertigkeit vergangener Jahre entluden sich nun in einem lauten Schrei der Befreiung. Er wusste, was er zu tun hatte. Das Püppchen gehörte ordentlich bestraft. Wie ein Berserker rannte er in den Schuppen, wo einst sein längst verstorbener Vater eine kleine Werkstatt eingerichtet hatte, da es an und in einem Haus immer etwas zu reparieren gab. Im Laufe der Jahrzehnte hatte sich Etliches an Gerümpel angesammelt, durch welches er sich erst durchwühlen musste, bis er endlich fand, wonach er gesucht hatte: Ein paar Restmeter verrosteter Stacheldraht.

Triumphierend kehrte er zu dem Püppchen zurück.

Blankes Entsetzen machte sich in dem verschmierten Gesicht breit. Verzweifelt zerrte das Püppchen mit letzter Kraft an seinen Fesseln, versuchte, mit den Beinen nach ihm zu treten und krächzte dabei irgendwelche unverständlichen Laute, die wahrscheinlich ein Hilfeschrei sein sollten.

„Halt's Maul!", brüllte er es an und schlug dem Püppchen hart ins Gesicht. Blut schoss aus der Nase und lief wie ein roter Wasserfall auf die aufgesprungenen Lippen herunter.

Das Püppchen wimmerte kläglich und zog sich krampfend zusammen.

„Du bist nicht artig gewesen. Machst alles kaputt. Ich muss dich bestrafen", keuchte er, während er sich auf das Püppchen hockte.

Er löste die Fesseln, drückte die Arme zur Seite und begann, den Stacheldraht fest um den Oberkörper des Püppchens herumzuwickeln. Augenblicklich fraß sich der Draht mit den scharfen, abstehenden Kanten hungrig in das weiche Fleisch des Püppchens hinein. Feine Bluttropfen quollen entlang des Drahtes hervor. Unwillkürlich hielt er inne, beugte sich herab und leckte die Tröpfchen instinktiv mit der Zunge ab. Jedes einzelne. Erst gierig. Aber nach den ersten Tropfen zügelte er sein Temperament und leckte langsamer und besonnener weiter. Genüsslich. Schmeckte den metallischen Geschmack im Mund, der ihn gänzlich berauschte und ihm förmlich alle Sinne raubte.

Das Püppchen war ihm völlig ausgeliefert.

Er hatte jegliche Macht über das Geschöpf. Jegliche Kontrolle sowie absolute Überlegenheit.

Er genoss dieses neue befriedigende Gefühl und spürte gleichzeitig, wie sein Schwanz in der Hose plötzlich anschwoll.

„Du hast es nicht anders verdient, Püppchen", knurrte er und entledigte sich seiner Hose und Unterhose.

Mit einem lauten Stöhnen versenkte er seinen steil aufragenden Ständer in den dunklen Abgrund des sich hin und her windenden Püppchens. Die verzweifelten Schreie spornten ihn zu härteren Stößen an. Wie ein Pflug zerteilte er die glitschige Spalte und bohrte sich tief in sie hinein. Füllte sie bis zum Anschlag aus und drückte bei seinem wilden Ritt den Stacheldraht fest in die drallen Melonen hinein, so dass die Haut riss und blutete.

Was für ein absolut geiles Gefühl!

Das Püppchen war endlich Sein und er konnte alles mit ihm machen, was er nur wollte.

Blindlings stieß er in das geschwollene Fleisch hinein und bemerkte in seinem Sinnesrausch nicht einmal, dass das empfindliche Gewebe unter ihm längst gerissen war und das geheime Loch bei jedem Stoß warme Gerinnsel von Blut mit ausspuckte.

Sein Körper begann zu brennen, als wolle ihn ein inneres Feuer zerfressen und sein langgezogenes Stöhnen mischte sich mit den lauten Schmerzensschreien des gepeinigten Püppchens.

Die Schreie stachelten ihn noch mehr an.

Er zog sein mit Blut besudeltes Gemächt aus dem Püppchen heraus, drehte es um und brach wie ein gewaltiger Tsunami über den prallen Anus herein.

Der Schrei des Püppchens schrillte markerschütternd in seinen Ohren.

Immer schneller rammte er seinen Prellbock in die zerrissene Rosette hinein und gab dabei stöhnende Laute von sich, die irgendwo zwischen dem Grunzen eines Schweins und dem abgehackten Heulen eines Wolfs lagen. Der gebrochene Damm des Püppchens verwischte die Grenze von

Scham und After. In seinem Wahn war es ihm auch völlig gleichgültig, in welche der wunden, fleischigen Öffnungen er gerade zur See stach, ritt er doch dem goldenen Licht entgegen, der lang ersehnten Erlösung. Wie ein Ertrinkender krallte er sich am Hals des Püppchens fest, als sein Körper förmlich explodierte, dass er beinahe schon die Himmelsglocken läuten hörte und sich sein heißer Saft in den rotbraunen Fleischbrei ergoss. Himmel und Hölle brachen gleichermaßen über ihn herein mit einer Urgewalt, wie er es noch nie zuvor erlebt hatte. Er jaulte laut auf und sackte bebend in sich zusammen. Kalter Schweiß drang aus all seinen Poren und das Herz schlug so wild in seiner Brust, als wolle es zerspringen.

Langsam zog er seinen nun völlig erschlafften und mit Blut und Exkrementen verschmierten Schwanz aus dem Unterleib des Püppchens heraus.

Was für eine Sauerei!

Doch das würde er später saubermachen. Jetzt musste er sich erst einmal erholen. Eine Zigarette wäre nicht schlecht und ein kühles Bier dazu für seine ausgetrocknete Kehle.

„Warst ja nun doch ganz brav", lobte er das Püppchen, drehte es um und tätschelte altväterlich seine Wange.

Irgendetwas jedoch stimmte nicht mit dem Püppchen. Der Kopf hing reglos zur Seite, die Augen starr aufgerissen, die Grausamkeit der letzten Minuten auf ewig darin gebrandmarkt. Der Hals violett verfärbt und blutig vom Stacheldraht.

Mist! Mist! Mist!

Er hätte es wissen müssen!

Hätte daran denken müssen!

Schon in seiner Kindheit war es immer so gewesen: Die Geschöpfe blieben nie lange heil. Sie waren zu zerbrechlich und gingen demzufolge einfach zu schnell kaputt …

Natürlich konnte der Junge das kaputte Geschöpf nicht lange vor seiner Mutter geheim halten.

Ihr Zorn auf ihn stieg daher ins Unermessliche, sah sie sehr wohl, dass er das Geschöpf vorsätzlich zerbrochen hatte.

„Oh Herr im Himmel, was hab' ich nur verbrochen, dass du mich mit solch einer missratenen Brut bestrafst?", rief sie hadernd mit ihrem Schicksal aus und verpasste dem Jungen eine kräftige Ohrfeige.

„Aber ich werde dir deine Bosheit schon austreiben", beschloss sie und schleifte den Jungen durchs Haus hinter sich her.

Er untersuchte das Püppchen eingehend. Doch wie er es auch drehte und wendete, das Püppchen blieb kaputt.

Er seufzte tief. Mit einem kaputten Püppchen konnte er nichts mehr anfangen. Da machte das Spielen einfach keinen Spaß.

Das Püppchen hatte seine Funktion erfüllt. Dennoch …

Zum Wegwerfen erschien es ihm viel zu schade, hatte ihm doch sein Vater stets gelehrt, dass auch defekte Dinge durchaus einen Wert hatten. Daher befreite er das

Püppchen vorsichtig vom Stacheldraht und begann es zu säubern und wieder hübsch herzurichten. Dieses Mal kleidete er es in Schwarz und setzte ihm eine dunkle Perücke auf. Sorgfältig arrangierte er die langen Strähnen auf der Brust in gleichmäßige Bahnen. Puderte das Gesicht schneeweiß, zog die Augenbrauen schwarz nach, klebte neue Wimpern auf die Lider und malte ein rotes Herz auf die geschlossenen Lippen.

Nun hatte das Püppchen nichts mehr mit einem Engel gemein, sondern glich eher dem schönen Schneewittchen aus Grimms Märchensammlung.

Die Mutter zog den Jungen an den Ohren in den Schuppen hinaus, drückte ihn auf den Holzstuhl des Vaters, ging ans Regal und kehrte mit Stacheldraht in der Hand zurück.

Mit flinker Hand band sie den Jungen mit dem Stacheldraht an den Stuhl fest, so dass sich die scharfen Kanten tief in das Fleisch versenkten. Der Junge heulte laut auf vor Schmerz.

Unbeeindruckt fuhr die Mutter mit ihrem grausamen Werk fort.

„Siehe, die Hand des HERRN kommt über dich und schlägt dich mit Blindheit", rezitierte sie aus der Bibel und wickelte wie in einem Wahn weiter. „Auf dass dein Schmerz lange währet und deine Wunden gar böse sind, bis der Erlöser kommt, sie zu heilen."

Sie ignorierte das gellende Heulen des Jungen, der um Gnade bettelte.

„Mögest du noch so jammern, so verachten dich auch deine Brüder in deines Vaters Haus und schreien Zeter über dich." Bis zu den Beinen herunter wickelte sie den Draht um den Jungen, so dass er sich keinen Millimeter mehr rühren konnte. Blut tropfte überall an seinem Körper herab und malte dunkelrote Tupfen auf seine Kleidung.

„Schrei nur, so viel du willst. Ich werde dich erst befreien, wenn die Sünde deinen verkommenen Leib verlassen hat", erklärte sie ihm und ging aus dem Schuppen.

Als sie die Tür verriegelte, brüllte sich der Junge die Stimme heißer. Doch Mutter kehrte nicht zurück. Eiskalt überließ sie ihn seinem

Die Nacht lag in ihren letzten Stunden,
als er im Schutz der langsam nachlassen-
den Dunkelheit mit seiner schweren Fracht
auf dem Rücken über den verlassenen
Spielplatz stapfte.

Auf einem Drehkarussell ließ er das
Püppchen langsam ab und drapierte es auf
die runde Sitzbank.

Für seine Zwecke hatte das Püppchen
ausgedient. Aber irgendeine Verwendung
ließ sich schließlich immer finden. So auch
in diesem Fall. Vielleicht mochte ein ande-
res Kind noch mit dem kaputten Püppchen
spielen. In seiner Fantasie malte er sich aus,
wie ein kleines Mädchen am Nachmittag
das Püppchen auf dem Karussell fand, es
staunend betrachtete und freudig mit nach
Hause nahm. Oh ja, es würde sich bestimmt eine gute Puppenmutter finden
und seinem Püppchen ein neues Zuhause
geben.

Er strich dem Püppchen ein letztes Mal
über die Wange und sang leise:

„Schlaf, Püppchen, schlaf,
du warst so süß und brav.
Ich muss nun leider von dir geh'n
und werd' dich nie mehr wiedersehn.
Schlaf, Püppchen, schlaf."

Er würde sich schon bald ein neues
Püppchen holen.

Eine perfekte kleine Schönheit. Ein neues
Spielzeug für seine wilden Fantasien. Er
musste nur darauf achten, ein Püppchen zu
wählen, das nicht bereits beim ersten Mal
kaputt ging. Vielleicht wäre es auch rat-
sam, sich gleich ein Ersatzpüppchen zu be-
sorgen.

Völlig in seine Gedanken versunken ver-
ließ er zufrieden den Spielplatz.

So entging ihm das leise Flattern eines
kleinen Plakates, angeklebt am Laternen-
pfahl, auf welchem im fahlen Licht mit großen schwarzen Lettern geschrieben stand:
Studentin vermisst!

Eine Welt voller Bücher

Unvergessliche Abenteuer
Faszinierende Charaktere
Neue Welten und Ideen

Bei Infinity Gaze endet
die Lesereise nie!

Jetzt entdecken unter:
www.infinitygaze.com